星空漫步

作者　山鷹

繪圖　Champ

目錄

詩賞析

問題很多，有很多問題

林煥彰／ 詩人、畫家、兒童文學作家、閱讀推廣者

詩，有很多「問題」，科學也有很多「問題」；很多「問題」，正需要我們用心去思考。人，不能怕有「問題」；有「問題」，我們才能知道如何培養能力，去解決「問題」。詩人山鷹為兒童寫詩，愛找「問題」，解決「問題」，也給讀者提出很多值得思索的「問題」。讀他這本科學童詩集，自然地有很多可以讓我們思考「問題」，也得到一些可以解決「問題」的「新問題」；因為，他很努力地以科學為題材，拿知識來入詩。首先，他就是在為難自己，找自己的麻煩，要先克服很多「問題」，才能把硬邦邦的科學知識轉化為感性的詩，這是一件很不容易的事情。當然，也是很重要的一種創作成果。願意讀這一本科學童詩集的人，我

認為是有福的；因為，所有的「問題」都需用腦筋思索解決，而願意動腦筋想「問題」的人，就有機會獲得比別人更多的知識，找到更多的答案，解決更多的「問題」。

我喜歡詩，也喜歡讀寫科學題材、知識性的詩；不是我懂詩，也不是我懂科學，但我喜歡找「問題」，設法親近它們，希望獲得更多新的知識，和閱讀詩中新的想像空間的樂趣，以及更多人生的感悟。

詩，是一種文類，與散文、小說、戲劇……等有區別；但也非百分之百的不同，總有一些可能的另類，例如：散文詩、小說詩、戲劇詩……總之，都是少之又少，不是沒有，卻非常態，但又十分珍貴，是因為它們（文學）可以不斷創新。

詩，有很多可能，只要作者肯努力，有想法，有創意，就可

以不斷創新，開拓更多新的領域，寫出前人所未曾寫過的作品。科學的詩，是值得探索、經營和欣賞的。

科學與詩，本來無關，是兩門學科；詩人山鷹拿科學來寫詩，科學和詩就變得像親戚一樣，有關係；這就是創新。創新就是十分可貴。

閱讀最重要的，是要獲得新知、新感受和新的領會。好的詩，創新很珍貴。這本科學童詩集，有遊戲性、有思考性，有豐富的哲理表現。將星空比喻為動物園，可以理解作者的心，也可以想像星空是多麼有趣，希望引起小讀者的注意，提高閱讀興趣。當然，星空不僅止於動物園，它是宇宙浩瀚的一部分，是神秘無窮的，值得人類不斷探索、研究；細讀這本童詩集，新的「問題」不斷浮現我的腦海，對我是一個很大的考驗；但我覺得是有收穫

的。我讀〈○〉，就出現很多美妙的新聯想：讀〈天空的遊戲〉

或讀〈颱風〉、〈時間〉、〈空間〉等等，就會發現「問題」越

來越多，越來越多……我學會了找「問題」，獲得了很多的啟發，

並且也讓我更懂得：如何虛心、親近更多未知的事物。當然，我

得先多多接觸科學讀物，認識更多新知識。

　　「問題」很多，有很多「問題」，這大概就是科學童詩的魅

力吧！也就是詩人山鷹、這本科學童詩集的魅力吧！

對小讀者說的話

童詩裏的科學狂想曲

林世仁/ 兒童文學作家

　　小朋友，翻開這本「科學童詩」，你會不會有些小緊張？科學？哇，那不是硬邦邦、只有大人才搞得懂的學問嗎？用詩來寫科學，詩會不會也變得硬邦邦啊？

　　先來說說我的經驗吧。

　　二〇〇一年七月七日，我在《國語日報》副刊讀到一位署名「金熊」的童詩〈腦袋瓜和宇宙〉。一讀之下，我的眼睛都亮起來了！這首詩聰明、簡潔，把單調的科學事實，像布幕一樣，「嘩啦！」一聲拉開，讓我們看到躲在科學背後的神奇事。詩真是寫得太妙了！我立刻找來剪刀，慎重剪下，貼在我的童詩本子上。這是我

和山鷹童詩的第一次接觸。

後來，「金熊」變成了「山鷹」。看筆名，你就知道山鷹叔叔很有個性，嚮往的是一種陽剛的、光朗的世界。在山林裏，他想像熊一樣奔跑；在天空上，他想像老鷹一樣飛翔！這樣一位嚮往大自然的詩人，工作上又恰好是「科學人」。那麼，寫「科學童詩」就再自然、再合適不過了。

有個性的山鷹叔叔很清楚「科學童詩」的重點是詩，「科學」只是詩的基因。他想挖掘出來的，是科學好玩、有趣、讓人想玩「動腦遊戲」的神奇面。所以，即使題目硬邦邦，〈時間〉、〈空間〉、〈光〉……他也能像玩魔術方塊一樣，轉啊轉的，轉出很多好玩的想像！例如，〈光〉裏說：「把光摺起來／ 放在口袋裏／ 把光

收起來／裝在盒子裏／把光存起來／儲在倉庫裏」；〈電腦大夢〉

裏說：「如果能夠／在頭腦內／裝一部電腦」。哇，這些想像是

不是很驚人？很有趣？〈看不見的滑梯〉把看不見的東西，像魔

術一樣變出來了。〈颱風〉、〈影印世界〉則像一篇童話小故事⋯⋯

　　山鷹叔叔還熱心地為每一首詩，寫下「動動腦想一想」。例如，

在〈太陽系愛跳舞〉中，他問：「為甚麼我們感覺不到地球在自轉？

為甚麼我們不感覺頭昏？」你可以跟着他的問題去找答案、想答

案、編答案，也可以自己想一個全新的問題，去創造一個全新的

答案！

　　法國小說家雨果說過：「比海洋更浩瀚的景觀是天空；比天

空更浩瀚的景觀是人的心靈。」這句話後來衍生出了一個新版本：

「比陸地大的是海洋，比海洋大的是天空，比天空大的是想像力！」山鷹叔叔用這一本童詩集，證明了這句話說得真對，真好！

科學的根源是好奇，山鷹叔叔寫這些詩，也是從好奇出發：如果把童詩裝上科學的翅膀，它能飛多遠？多高？多好玩？所以，你在讀這本詩集的時候，也可以發揮想像力，想像同樣的內容還可以怎麼變化、怎麼玩耍。說不定，你會比山鷹叔叔玩得更有趣——至少，不會再害怕科學了。我想，那將是山鷹叔叔最開心的事了！

專家推薦

　　山鷹的科學童詩，在兒童文學界獨樹一幟，有如鮮豔的彩虹，掛在科學天空。以最簡單淺白的兒童語言節奏，陳述宇宙、銀河、星星、月亮、太陽、時間、電腦……的神奇，大大小小，形形色色的自然現象；開啟了一扇又一扇的窗，想像和意象連結了詩意，讓你在文字音樂中傾聽萬物的神秘和美麗，於是，兒童夢裏的動物園，填滿了熠亮星星。

——黃海／作家、曾任靜宜大學與世新大學講師

　　山鷹的科學童詩有種不與時人彈同調的勇氣，這本童詩集可具體證明他正走在一條異於主流童詩創作的路上，這條路也許會很孤絕寂寞，因為同行者少、讀者難預測。

　　然而，當我們願意專注凝視山鷹科學童詩拓展的新視野，像

在宇宙遨遊，也跟着打開新視野，看見他將科學之「真」，文學之「美」和想像之「趣」交相融合冶煉在一起，延展出如天空一般遼遠寬闊的詩思。這是山鷹的一場文字巫術，不神秘，但深邃迷人。

——謝鴻文／林鍾隆紀念館執行長

　　科學家早就知道，人類的大腦像個大房子，裏頭的構造好比一間間小房間，每一間都有不同的功能；如果把這間大房子分成左右兩個房間，那麼，「科學的家」會在大腦的左半邊，「童詩的家」偏重在右半邊。

　　山鷹運用科學和詩的能力非常純熟，讓科學和童詩在合作時，能無縫搭接毫不牽強，他不僅是在左右兩個房間中央開了一扇門，

甚至是擴建成一間頗具規模的新房間！讀者在讀這本書時，不但能領略到隱藏於其中的科學知識，還可以嚐到童詩的趣味與想像，正是最好的全腦訓練！

從來沒想到當科學遇上童詩，會迸發這樣奇妙的新滋味。放在嘴裏嚼一嚼，硬硬卡卡的，是科學；軟軟黏黏的，是童詩，而這本科學童詩，則是不硬不軟的 Q 彈好滋味，就像珍珠遇上奶茶一般，只能說是天作之合！

我曾經以數學為主修，也寫過不少童詩，不過山鷹的科學童詩還是開拓了我對科學和童詩合作的視野，更新了我的想像，誠摯推薦給所有讀者。

——林淑珍 / 桃園市平鎮區宋屋國民小學校長、兒童文學作家，筆名林茵

腦袋瓜
和宇宙

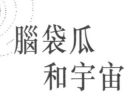

老師説

一秒鐘

陽光可以繞地球七圈半

我們住的銀河

從左邊走到右邊

要走十萬光年

到最近的星雲去遠足

要走百萬光年

如果現在看着仙女星雲

會看到兩百萬年前的仙女

真奇妙啊

這個宇宙

時間可以穿梭

科學家説

每一個星系

都包含一千億顆星星

宇宙至少有一千億個星系

真浩瀚啊

這個宇宙

大到無法想像

但是啊

不管這個宇宙有多大

真神奇呢

我還是能夠

輕輕鬆鬆

星空漫步

就把它裝進

我的小腦袋瓜裏

並且

愛到哪裏

就到那裏

動動腦想一想：

　　大到多大才叫無限大？小到多小稱作無限小？

　　宇宙至大嗎？為甚麼摸不着的小小意念，卻可以自由穿梭其中，來去自如？

　　科學家說，人腦其實是一個小宇宙。這個小宇宙比起真正的大宇宙，不成比例，但功能不遑多讓，一樣可以穿越時空，探索過去和未來。因此，我們每一個人都該好好利用並發揮自己的小宇宙，讓小宇宙在大宇宙中激發，融合，創造及進步。

真奇妙啊

我們住的太陽系

地球拉着月亮轉圈圈

太陽拉着地球轉圈圈

月亮和地球

自己也在轉圈圈

一個圈又一個圈

一個○又一個○

月亮是一個小小的○

地球是一個不大不小的○

太陽是一個超級大的○

大○中有小○

小○外有大○

○是一個美妙的東西

滾過來是○

滾過去還是○

左轉是○

右轉也是○

如果○有了缺口

月亮會跑掉

地球會溜走

太陽公公會變得

很孤單很寂寞

如果○不見了

月亮會變成方臉

還是三角臉

地球會長成長竹竿

或是正方形

太陽不再是一團火

往東看

○○的胖臉不見了

往西看

還是看不到

○○的笑臉

○到底是圓滿還是缺陷

從生到死是一個○

從 0 來又回到 0 去

你有你的○

我有我的○

我要我的○又大又亮

像太陽系那麼大

像太陽那麼亮

○真是一個漂亮的符號啊

瀟灑地滾過來

美麗地滾過去

動動腦想一想：

　　○和 0 雖然很像，但○是不是 0，看你怎麼想。讀了這首科學童詩，你是不是對○有了更深一層的體會和了解？

　　生活中還有許多和我們密切相關的數字和符號，積極進取的人看到正面的意義，消極退縮的人看到的，多為負面。就說 4 這個數字吧，有人特別不喜歡 4，因為 4 的發音和「死」接近。其實，這是想太多。4 是好是壞，取決於我們自己的心態。

　　我看到的 4 是——春夏秋冬（四季）、東西南北（四方位）、孝悌忠信（四德）、禮義廉恥（四維）及大學、中庸、論語和孟子（四書）。你呢？

天空的
遊戲

來來來

來玩捉迷藏

誰當鬼　地球當鬼

一二三

睜開眼

地球找不到太陽

太陽被月亮藏起來

來來來

來玩捉迷藏

誰當鬼　地球當鬼

一二三

睜開眼

地球找不到月亮

月亮被地球自己

藏起來

動動腦想一想：

　　太陽被月亮藏起來稱作日蝕。為甚麼月亮有這麼大的本領？

　　月亮被地球藏起來叫做月蝕，地球為甚麼要把月亮藏起來，然後說：「我找不到月亮？」

　　天空也喜歡玩遊戲。聰明的你，猜猜看，藏月亮的遊戲裏，誰是鬼？藏太陽的遊戲裏，誰又是鬼？真的是地球嗎？還有，天空還會玩哪些好玩的遊戲？

太陽系
愛跳舞

別以為巨人就不愛跳舞

木星的塊頭夠大吧

臉上的大紅斑轉起來

像翻飛的彩帶

別以為個頭小一定跳閃舞

金星偏愛慢動作

二百四十三天

才劃一個圓

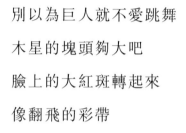

我們的地球是個淑女

規規矩矩

一天轉一圈

太陽系瘋狂愛跳舞

衛星拉着行星轉圈圈

行星拉着太陽跳扭扭

分分秒秒　秒秒分分

轉啊轉

恰恰恰

太陽系是一群

超愛跳舞的妙女郎

動動腦想一想：

　　太陽系裏，行星都在轉圈圈。不僅繞着太陽轉，本身也在自轉；有些轉得快些，有些轉得慢些；有些自西往東轉，有些自東往西轉；有的彎着腰轉，有的直着身體轉；為甚麼她們要不停轉轉轉？

　　如果她們是在跳舞，跳給誰看？如果她們是在比賽，誰是裁判？為甚麼我們感覺不到地球在自轉？為甚麼我們不感覺頭昏？

人造衛星

如果人造衛星是一面

超級大凸透鏡

就可以把太陽能集中

將一座座的冰山融化

企鵝和北極熊就不必

整年穿着厚重的大毛衣

芳香的草會長出來

美麗的花會開放

大地可以種植五穀

可以養活更多更多的非洲小朋友

如果人造衛星是一面

超級大凹透鏡

就可以把直射赤道的能源

分散到世界各地

非洲不再是一個大烤箱

愛斯基摩人不再怕冷

鳥獸不再擔心雨季來不來

金黃的玉蜀黍和稻米

滿滿地在田裏

唱歌的河流呀

快樂地奔跑在土地上

無盡的草原呀

蔓延到天際

如果人造衛星是一面

超級大反射鏡

就可以把太陽光反射

地球不再是

一半黑夜一半白天

永遠都天亮的地球

惡魔消失了

永遠都白天的地球

小弟弟小妹妹可以

二十四小時玩遊戲

但是啊

如果人造衛星是一面

超級大反射鏡

黑夜不見了

我們到哪裏去尋夢

如果人造衛星是一面

超級大凹透鏡

非洲不見了

我們到哪裏去拜訪百獸的故鄉

如果人造衛星是一面

超級大凸透鏡

南北極不見了

我們到哪裏去滑雪和溜冰

四季如果少了夏秋冬

春神姊姊會不會覺得太無聊

動動腦想一想：

　　太陽是恆星，地球是行星，月亮是衛星，那，人造衛星是甚麼？你看過人造衛星嗎？想知道它們長甚麼模樣嗎？

　　最小的微衛星，體重只有幾公斤，高不過數十公分。最大的人造衛星，像哈勃太空望眼鏡，簡直就是一位巨無霸。

　　人造衛星一般可分為：（一）地球遙感衛星（二）氣象衛星（三）全球定位衛星（四）科學研究衛星（五）通信衛星。

　　颱風來了，甚麼衛星能夠預先通知我們颱風的動態？你知道嗎？想看即時的世界運動會轉播，甚麼衛星可以提供這種服務？猜猜看。

太空中
的會面

黑暗太空中

一隻機械手臂

緩緩伸出去

太空梭

緊緊握住了

太空實驗站

美國太空人

蘇聯太空人

興奮地抱在一起

高興地掉眼淚

溫馨的畫面清清楚楚

從太空中傳回

像刀刻

深深刻入人們的腦海

像琴鍵

劇烈震動全世界

和平的心弦

我們都是

地球人啊！

動動腦想一想：

　　太空實驗站離地球多遠你知道嗎？每天繞地球幾圈想過嗎？為甚麼要在太空中架設太空實驗站？

　　黃紅黑白都是漂亮的顏色，你認為是不是？如果有一天你有機會向外星人介紹自己，你會如何說明？這世界征戰太多、病痛太多、饑餓太多、窮苦太多，我們實在不應該再用膚色或出生地去區分彼此，我們都是地球人啊！

光

把光摺起來

放在口袋裏

把光收起來

裝在盒子裏

把光存起來

儲在倉庫裏

太陽休息的時候

把光放出來

讓世界永遠光亮

宵小都躲了起來

沒有人敢再做壞事

陰暗濕冷的角落裏

把光放出來

讓人間不再有罪惡

光像一條溫暖的河

流過每一個人的心坎

壞念頭蠢蠢欲動時

把光從口袋裏掏出來

貼在心口

可怕的蛇從此

不敢再探出頭來

啊

如果光像紙一般可以摺疊

如果光像空氣一般可以裝滿

如果光像電一般可以儲存

水源不會被污染

空氣不會變污濁

沒有惡臭的垃圾

不用擔心核廢料

立法院不必再打架

呵

把光像彩紙一般小心摺疊吧

需要的時候再拿出來用

把光像空氣一般小心裝滿吧

在黑暗的地方放出光芒

把光像電一般小心儲存吧

失敗時讓它像觸電一般

振奮心靈

如果光是可以收藏的

趕快把口袋裝滿

裝滿了光的你

一定會像光一樣

明亮有精神

你就是光

光就是你

動動腦想一想：
　　為甚麼自然光無法像電一樣被儲存？
　　想像一下「光池」和「光廠」的世界吧！
　　如果世上都是「光人」，沒有了狡猾奸詐，沒有了惡毒醜陋，心靈的光充滿宇宙，人間該是何等幸福美滿啊！希望大家都來做「光人」。

星空
動物園

每天

夜空裏都有一顆星星

對我猛眨眼睛

星星輕聲告訴我

故事編好了

快來聽一聽

銀河系的星星

大星星小星星　一群一群

七嘴八舌告訴我

夜空藏着神秘

藏着天狼、藏着麒麟

藏着火鳳凰

全宇宙的星星對我眨了一個大眼睛

一道閃亮亮的光迎頭罩來

新鮮嫩綠的故事傾巢而出

星星爭先恐後告訴我

星空動物園的傳說

星星的眼睛一直眨一直眨

彎弓搭箭的是人馬

虎視眈眈的是獅子

蹦蹦跳跳的是小熊

莽莽撞撞的是金牛

星空的動物園藏着

四處螫人的天蠍　舌信嚇人的長蛇

靈動的雙魚　神駿的白馬

星雲的深處有一位小孩

望着我們的太陽，他的星星

地球的故事在他的腦海中升起

太陽也是一顆神秘星星

對他眨了一下眼睛

動動腦想一想：

　　星空也是一座動物園，藏着科學，也藏着神話。到底是科學神秘呢？還是神話有趣？不要忘了，太陽也是一顆星星。

　　當你仰頭向夜空裏的眾多星星許願時，你的母星太陽，正提供你源源不絕的生命之泉和陽光希望呢。讓我們不要忘了感謝太陽。

外星人

一雙貓耳朵
可以聽到
很輕很輕的針音

一對蝙蝠眼
可以看透
井底的內心

孤單時就闖進來
最喜歡玩
心海的遊戲

動不動流眼淚

想念媽媽

也想爸爸

外星人

每晚陪着我數星星

在夜空最深的井底

動動腦想一想：

　　你相信有外星人嗎？我相信。這個宇宙如此浩大、無邊無際，人類怎麼可能是浩瀚長空中唯一的高等生物呢？以邏輯推論，應該還有其他的高等生物存在才對。如果人類夠謙卑，也一定會承認，還有其他的高等生物存在。否則，人類就太孤單太寂寞了。

颱風

小水滴説
我要飛我要飛
井底之蛙笑它
別痴人説夢了

小水滴説
我要飛上雲天
小麻雀笑它
不要痴心妄想了

小水滴説
我要飛上萬里蒼穹
大老鷹笑它
作甚麼白日夢啊

小水滴不灰心

小水滴順着溪河流入大海

小水滴遇到好多好多其他的小水滴

大家都説

我要飛我要飛我要飛

　　　　小

　　　　水滴

　　　小水滴

　　越聚越多越聚越多

　越聚越多小水滴越聚越多小水滴

越聚越多越聚越多小水滴越聚越多越聚越多

　越聚越多小水滴越聚越多小水滴

　　越聚越多越聚越多

　　　小水滴

　　　小水

　　　滴

小水滴蒸發上天變成雲
化成
颱風龍

小水滴飛回來了
小水滴邀請井底之蛙說
勇敢出發才有明天

小水滴飛回來了
小水滴告訴小麻雀說
夢想是奇妙的翅膀

小水滴飛回來了
小水滴邀請大老鷹一起飛
大老鷹嚇得躲起來了

動動腦想一想：

　　人類自以為聰明，以為可以利用氣象衛星來監控颱風的動態，追蹤及預測它們行進的軌跡。

　　可惜，不是每一個颱風都是乖乖牌，它們也是有個性的。因此，你會看到大玩回馬槍遊戲的颱風；看到貪玩捉迷藏的颱風；有時還會看到愛玩「只要我喜歡，有甚麼不可以」的颱風。颱風根本就是一個頑皮鬼，它是水精靈和風精靈一起變成的。

氣

把「氣」吹進汽球裏

汽球飄啊飄

把「氣」灌進輪胎內

輪胎滾啊滾

把「氣」從引擎噴出去

飛機飛啊飛

把「氣」從泥土裏釋放出來

噴泉像沖天炮衝啊衝

把「氣」從地心處蒸發

「氣」像一把超級大傘

保護住地球安啦安

「氣」在我的身體內亂玩亂叫

害我動不動生病

痘痘長滿一臉

「氣」在地球內亂鑽亂竄

有時地震有時海嘯

害地球肚子痛

如果能夠

把「氣」漆上顏色

就可以知道

「氣」在身體內怎樣奔跑

是慢慢走

還是緊張跳

如果「氣」有顏色

就可以知道

「氣」在地殼裏如何流竄
是劇烈的衝撞
還是溫和的搖啊搖

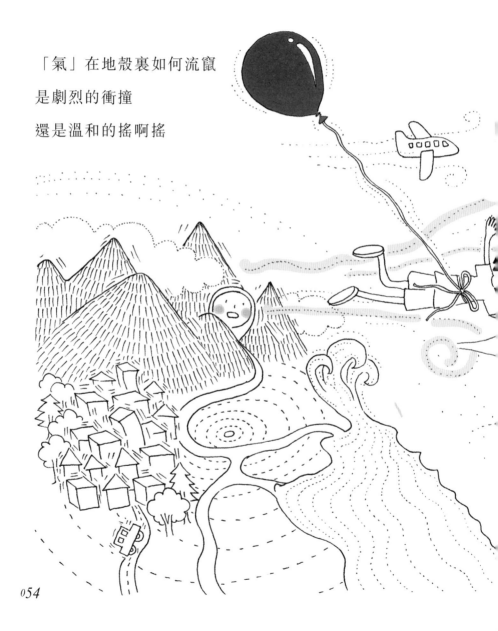

動動腦想一想：

　　你知道嗎？中醫說，人所以會生病，因為氣在身體裏面無法得到適當的疏導，因此百病叢生。

　　氣是甚麼？不高興時會生氣；吃太飽打嗝時會放氣；番薯吃多了會放屁；死亡時嚥下最後一口氣；看人不順眼是火氣。至於地球裏的氣，風水師看的是地氣；石油公司探的是油氣；我們用的瓦斯叫天然氣；汽車噴出來的是廢氣；垃圾山冒出來的是沼氣。

　　還有呢？聰明的你，告訴我。

時間

到底它是甚麼國籍

從哪裏來

要到哪裏去

到底它是甚麼模樣

五官太小太小了

即使億倍的顯微鏡

都看不清楚

身體卻又大到填滿宇宙

用光年的巨尺

也無法丈量

它的生命到底有多長

太陽沒誕生前就已存在

銀河系爆炸了

它也不死

把時間用力握住

在讚嘆和惶恐中不見了

把時間綁起來

如來佛的手掌也握不住

如果可以

把時間暫停一下

過去的歷史可以改寫

未來的文明可以創造

過失可以改正

血和淚

不會白流

時間到底是甚麼東西

看不見身體

　（不知道是巨大還是微小）

聽不見聲音

　（不知道是快樂還是痛苦）

二十四小時跟着我

高興時跑得特別快

悲傷時陪着慢慢流眼淚

把時間拿起來

左邊看一看

右邊瞧一瞧

把時間翻過來

前面看一看

後面瞧一瞧

把時間劈開來

裏面看一看

外面瞧一瞧

哎呀！

我怎麼把時間

浪費在

「時間」上了

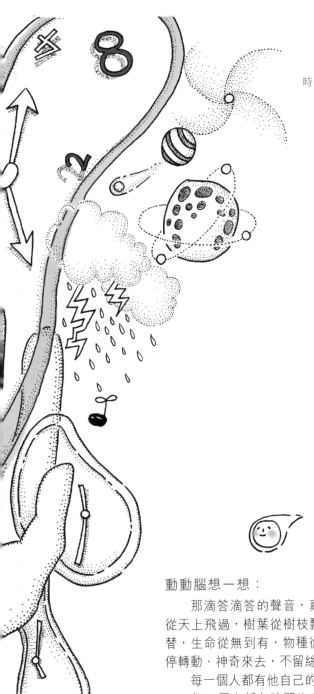

時間　**星空漫步**

動動腦想一想：

　　那滴答滴答的聲音，真的是時間的腳步聲嗎？白雲從天上飛過，樹葉從樹枝飄落，季節的輪換，朝代的更替，生命從無到有，物種從出生到滅亡，時間的齒輪不停轉動、神奇來去，不留絲毫痕跡。

　　每一個人都有他自己的時間生命，有的長，有的短。

　　每一個人都在時間生命中度過自己的生命時間，有時快樂，有時悲傷。

空間

我是浩浩蕩蕩的
我也是無窮無盡的
在我眼中
太陽系宛如螞蟻般渺小
銀河好像風中的棉絮

我是微不足道的
我也是渺小的
在我眼裏
夸克猶如巨魔
細菌是個龐然大怪物

因為有我
風才能快樂旅行

因為有我

雲才能到處流浪

因為有我

光和電

才有了閃亮的舞台

我最慷慨了

不用打招呼

流星可以隨時搬家

我最大方了

星雲的違建

也可以任意加蓋

我的肚子比彌勒佛還大

不僅容下地

也容下天

時間是一枝箭

二十四小時

在我的身體內穿梭

從百億年前

往百億年後

沒開始也沒終點

自你哇哇出生

我就是你最親密的好朋友

等你死後

我更是你

永遠的守護神

你可以看到光明中的我

卻看不到黑暗中的我

你可以真實地感覺到我

卻撫摸不到我

你身體中有我

我身體中也有你

我陪伴萬物

快樂生活

我和全宇宙

緊密過日子

我是出了名的

好好先生

以前沒生氣過

將來

我保證

也不會

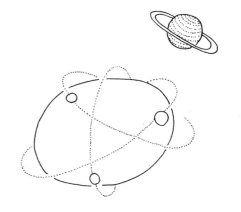

動動腦想一想：

　　想想看，到底先有空間，還是先有時間？還是空間和時間同時存在？如果你能回答先有雞還是先有蛋的問題，你就知道空間是雞，時間是蛋。不！不！不！說錯了。是空間是蛋，時間是雞才對。咦？好像也不對。真是傷腦筋。

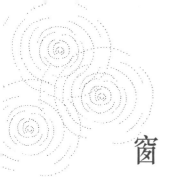

窗

打開一扇窗

風景走進來

打開另一扇窗

聲音走進來

再打開一扇窗

精神走進來

一扇窗又一扇窗

在電腦世界裏打開

一扇窗中無數扇窗

在想像驚奇中打開

無數扇窗裏一扇窗

把未來和希望

全打開

打開電腦視窗

大窗裏有中窗又有小窗

打開心靈之窗

小窗中透出大亮光

金頭腦之窗打開來

一扇連接一扇

　笑聲連接笑聲

　人群連接人群

　歷史連接歷史

　世界連接世界

　宇宙連接未來

一扇窗又一扇窗

金頭腦之窗打開來

宇宙誕生打開來

動動腦想一想：

　有一句話說：「上帝為我們關了一扇門，一定會為我們打開另一扇窗。」這話一點不假。

　不信的話，你可以問問蘋果電腦的賈伯斯先生或微軟的蓋茲先生，「視窗」是他們創造出來的。

　至於甚麼是萬有引力，請打開牛頓視窗。如果你還想明白「黑洞」和「白洞」是怎麼回事，我建議你打開天文視窗。還有，如果你不清楚生活的目的，我建議你打開人文之窗。當然啦，如果你想搞懂生命的意義，你必須打開哲學之窗。

電腦大夢

如果能夠

把電腦裝進頭腦

教科書可以

整本整本地讀

字典可以

一頁一頁地念

啃進去的知識

隨時可以拿出來用

看過的人和事

一輩子

不會忘記

人人都變成

超級博士

如果能夠

在頭腦內

裝一部電腦

太方便了

加減乘除沒問題

計算記憶很容易

不必要的浪費可以節省

不必要的重複可以節省

寶貴的時間

更可以節省

可以多看看春天的花

可以多聽聽夏天的蟬

可以多賞賞秋天的顏色

可以多瞧瞧冬天的風雪

哇！

如果這一天

真的來了

我一定

閉上眼睛

長長吸一口氣

再

慢慢地　　慢慢地

吐出來

我就可以告訴你

生活的

真正味道

動動腦想一想：

　　如果真的有這麼一天，你會過得更快活呢？還是一樣渾渾噩噩？其實，這一天已經真實到來了。

　　看看你的左右周遭，雲端運算、雲端圖書館、雲端博物館、雲端百科、雲端書店、雲端朋友、雲端老師、雲端親戚、雲端買賣、雲端貨幣、雲端……我們是不是早已被電腦雲所包圍？在這種「雲日子」裏，我們應該怎樣生活，才能活出生命的真正價值？

靜與動

獨自坐在公園椅子上

風和日麗的午後

好靜啊

翻看着

臉書上的朋友動態

心裏跟着跳躍

靜靜地獨坐

動心地跳躍

在不知不覺中度過一分一秒

忘了

地球一分鐘自轉二十七點七公里

一秒鐘公轉三十公里

太陽系以每秒兩百五十公里繞着銀河系旋轉

銀河系

以每秒六百公里向長蛇星狂奔

我還是靜靜地獨坐和沉思

無視於銀河系星團

以秒速二十萬公里向宇宙深處狂飆

動動腦想一想：

地球繞着太陽跑；太陽繞着銀河渦心跑；銀河渦心繞着宇宙渦心跑，跑跑跑、跑跑跑，自大霹靂開始，宇宙一直都在奔跑，還越跑越快，彼此越離越遠。

地球自轉這麼快，為甚麼我們不會被拋到空中，拋離地球？離心力是甚麼？重力又是何方神聖？愛因斯坦的相對論很難懂嗎？從這首詩是不是可以看出一些端倪？或者得到一點知識？

看不見
的東西

自然老師說　看不見的東西

都有超能力

無影無形的空氣摸不着

沒有它萬物沒辦法呼吸

跑來跑去的電子看不到

沒有它夜晚一片黑

沒感覺的地心引力是一個透明的大力士

沒有了它

大象會浮起來

恐龍會浮起來

鯨魚會浮起來

貓咪狗兒和鴨子

鱷魚斑馬和獅子

會在天空中

撞　撞　撞　撞

　來　去　來　去

　來　去　來　去

撞　撞　撞　撞

隱形的東西很神奇

意念比光速還快

一秒鐘就飛到銀河的渦心

想像很奇妙

沒有的東西都能變出來

感覺更是個大怪物

明明好大好大的燈亮着

旁邊坐着推着擠着一堆同學

還是感覺好冷好冷

身體直打哆嗦

看不見聽不到摸不着

這世界

隱形的東西這麼多那麼多

我都快無法呼吸了

科學家竟然説，作家也説，老師也説

還有許多許多的隱形人

還有許許多多的透明大力士

躲在手摸不着眼看不到感覺不出的

神　　　　　　　　　　　　　　　秘

角　　　　　　　　　　　　　　　落

盯着我們　猛看直瞧

瞪着我們　直瞧猛看

害我冷汗直流，張着僵硬的大嘴巴

啊啊啊

半天啊不出來

動動腦想一想：

　　看不見的東西並不僅止於心靈想像，自然世界有許多看不見、摸不到的東西，我們都可以感覺得到，科學已為我們證明，他們真實地存在，像磁力就是，重力也是。

　　當然還有很多的「看不到」，目前還無法證實。不過，隨着科學越來越進步，總有一天，我們會知道，這些看不到的東西，一點都不神奇、一點都不可怕。

地球心

老師說

地球的心是一塊

愛的磁鐵

所有的東西都會被吸住

泥土被牢牢吸住

小草被牢牢吸住

昆蟲被牢牢吸住

飛鳥被牢牢吸住

藍鯨被牢牢吸住

浪濤和風雲

也被牢牢吸住

被地球心吸住的人類

心

當然也是愛的磁鐵

可是有時候

推來推去

不肯互相擁抱和握手

地球媽媽很着急

不停地叮嚀

「讓心和心相應。」

「讓心和心相映。」

媽媽希望大家明白

N 和 S

儘管南轅又北轍

還是可以熱情擁抱

毛毛蟲當然可以

和小鳥握握手

動動腦想一想：

　　地球只是一塊大磁鐵嗎？當然不是。

那麼，地球還是甚麼？人心又是甚麼？

星星

光從很久很久以前傳來

星星在很遠很遠的地方

說故事和唱歌

每一顆星星都曾經是

一個小孩

每一個小孩都有一首歌

距離不是距離

星星、小孩、歌

不會比相鄰的兩顆星遙遠

每一顆星星都曾經是一個小孩

每一個小孩都曾經愛唱一首歌

每一首歌都曾經愛過一個小孩

一個小孩一首歌

一首歌一顆星星

萬顆星星亮晶晶

動動腦想一想：

　　大霹靂以後，一批批星星誕生，一批批星星死亡。誕生，死亡；死亡，誕生，宇宙像一首生生不息的歌。

　　每一個小孩都曾經有夢，國王夢、公主夢、美人魚夢、星星夢，每一個小孩也都期待，所有的夢，都能在星光歌聲的陪伴中，逐漸實踐踏實。

愛流浪
的彗星

聽說他們是

地球的兄弟

也是太陽的小孩

可是和地球不一樣

他們喜歡探險沒人去過的地方

一個人的流浪是他們的歌

有些幾十年才回來一次有些百年

還好無論離開多麼遙遠

他們都記得回來看看太陽

白洞黑洞和蟲洞

驚險的故事高潮迭起

聽得地球一愣一愣的

「得走了。得走了。」

星空的神秘

引得他們又迫不及待去探險

「再會了！我的故鄉和兄弟。」

揮一揮手他們亮閃閃飛奔離去

火的道別像回來時的光

動動腦想一想：

　　彗星有多老？你知道嗎？聽說和太陽一樣老。為甚
麼他們這麼想念地球？如果你和哥哥姊姊離開久了，會
不會想念他們？這叫手足之情。

　　科學家告訴我們，所有的彗星都是地球的手足。

黑洞

八芝蘭是我出生的村莊
台北是我現在住的地方
出國時我說我的家鄉在台灣

到達月亮我說我來自地球
離開冥王星後
我說我的故鄉是太陽

黑洞是一個超級大的子宮
星雲誕生的故事
在夜空下輾轉流傳

我住的銀河系很美麗

明亮的光點億億萬萬

太陽好小好小也亮着光

地球是太陽的孩子住着萬物

人類都變成細菌

在顯微鏡下一閃一閃

我出生的地方叫做子宮

也是一個黑洞

一個小宇宙的小小迴廊

動動腦想一想：

　　聽說黑洞是星星長眠的地方，也是新星誕生的場所。
子宮是我們出生的地方，也是永遠的樂土。

　　黑洞和子宮是不是很相像呢？聰明的你能說出她們
的不同和相似之處嗎？

天空中
的玩火人

月亮喜歡玩火

地球

是道具

陰影

是幫手

世界級算甚麼

宇宙級才跩

月亮玩的是

比她大一萬倍的太陽

有時候

她把太陽玩成

超級火圈

有時候

她把太陽
吞進肚裏

突然
「哇！」一聲
月亮把太陽又吐了出來
月亮說
太陽
燙死了

動動腦想一想：
　　天狗就是月亮，月亮就是天狗，聰明的你猜到了嗎？古時候的人比較笨嗎？怎麼會把日蝕想成是天狗吃日？才不是呢。
　　科學的成就就像愚公移山一樣，需要日積月累的功夫，唯有這樣，才能夠日新月異累積出成果。

宇宙的巨尺

一枝超級大的如意尺

有時是卷尺

量量地球的肚子有多大

胖了沒，瘦點沒

有時是直尺

精確算出太陽和地球的距離

四百八十倍三十萬公里那麼長

定海針算甚麼

如意棒沒得比

孫大聖若是有了這個寶

如來佛的五指山

逃不過

巨尺的手掌

不信啊？

地球有多大

太陽有多遠

銀河有多老

宇宙有多深

巨尺都能精確測量

輕輕鬆鬆寫進

光年的紀錄簿裏

最奇妙的是

這把巨尺

看得到

摸不着

動動腦想一想：

　　光到底是粒子還是波？還是兩者都是？光牽着時間一起旅行，奇怪啊，光年變成測量宇宙年紀和距離的巨尺？這個世界，真的有百變金剛耶。

10^{24}
爆炸了

10^{24}

到底是甚麼呢

10^{12} 是一兆

是 1 的後面接着十二個 0

10^{24} 是 1 的後面接着二十四個 0

是兆兆

10^{24} 只是一個符號

卻重到無法想像

轟一聲

大爆炸了

1,000,000,000,000,000,000,000,000 顆星星

誕生了

天龍大戰鳳凰，白馬鬥天蠍

長蛇吞金牛，大犬小犬圍天狼

天王騎獅子出巡，麒麟載仙后賞花

大熊小熊手拉手郊遊

人馬射雙魚，水瓶倒天水

大麥哲倫小麥哲倫陪着我們的太陽

閃閃滅滅

把整個夜空都照亮

天文學家説

這個宇宙

至少有一千億個星系

每個星系

至少有一千億顆星星

10^{24}

就是這千億個星系
兆億顆星星

真奇妙啊
不管星系多遠多大，繁星萬千
數學
比宇宙還大
都可以把她們收藏在
數字寶盒裏

動動腦想一想：

　　聽說我們身體裏的細胞，數目比 10^{24} 還多，我們的身體也是一個小宇宙。還有，空氣裏，病毒的數目也比 10^{24} 還多，自然界也是一個小宇宙。

　　還有甚麼東西比 10^{24} 還多？比宇宙還大？聰明的你，想一想。

10²⁴ 爆炸了 **星空漫步**

看不見
的滑梯

風吹的日子

黃黃的樹葉從樹梢溜下來

緩緩地，還會轉彎唷

那是 S 型的滑梯

　　之字型的滑梯

晴朗的日子

鷹隼一下子高，一下子低

滑來滑去

滑來滑去

天空中藏着

雲霄飛車的滑梯

夜晚的星空

爭先恐後的流星

有時從獅子座溜下來

哇哇哇哇哇哇

有時從仙女座溜下來

啦啦啦啦啦啦

有時從人馬座溜下來

啊啊啊啊啊啊

有時從英仙座溜下來

媽媽媽媽媽媽

那是銀河系

超級長超級大超級快的滑梯

這裏，那裏

天空中藏着

隱形的滑梯

想像力是好朋友

和他們

　　　　一

　　　　　起

　　　　　　啾

　　　　　　　啾

　　　　　　　　啾

　　　　　　　　溜

　　　　　　　　　下

　　　　　　　　　　來

動動腦想一想：
　　天空中還藏着哪些隱形的滑梯？
讓我們一起把他們找出來。

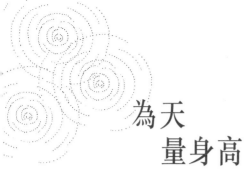

為天
量身高

天有多高

是太陽天高

還是星星天高

是北極天遠

還是南極天遙

甚麼東西可以量天的身高

光速可以嗎

一秒鐘跑三十萬公里那麼遠

光從太陽出發了

八分鐘可以跑到地球

五個小時可以跑到冥王星

太陽系的一重天不算遠

一重天外還有二重天

銀河天聽說要走五萬年

三重天的仙女座

即使是光這個飛毛腿也要走二百萬年

聽說玉皇大帝住在九重天

光跑得筋疲力盡了還沒跑到

時間已經過了

一百億年

哇！哇！哇！

天到底有多高啊？

是和地獄一樣也有十八重

還是根本就是無窮

管他啦

還是我的頭腦厲害

每天都可以

超光速

直達一百重天

動動腦想一想：

　　天有多高，你曾經想過這個問題嗎？白天我們雙眼看到的風雨雷電、雲霧彩虹，都只是地球天的景物，越過地球天是甚麼天呢？

　　聽說天堂在「十八重天」上，「十八重天」又是怎樣的天呢？佛教的西方極樂世界又在幾重天？

　　等等，等等，宇宙中有所謂的東西南北，上下左右嗎？哎呀，「天」真的很難懂耶。

影印
世界

太好了

有了影印機

筆記可以影印

作業可以影印

考古題可以影印

考試也可以影印

太妙了

我也是一部影印機

影印媽媽的話

影印爸爸的話

影印老師的想法

影印校長的想法

哈

影印機太方便了

可惜

腦袋瓜卻一天天變得

稀稀鬆鬆

平平凡凡

空空

白

白

動動腦想一想：

　　影印機很方便，喜歡的東西都可以影印，甚麼都影印的結果，對人類到底好不好呢？對地球到底好不好呢？對自己到底好不好呢？

愛的引力

不嫌我重

地球

緊緊抱住我

從出生到死亡

一點怨言都沒有

不嫌地球重

太陽

緊緊拖住地球

從出生到死亡

一點怨言都沒有

不嫌太陽重

銀河

緊緊牽住太陽

從出生到死亡

一點怨言都沒有

不是磁力，高興時合好

不高興時

打架

引力有一顆單純的心

愛對方

一輩子十輩子千輩子萬輩子

愛到底

地球愛萬物

太陽愛地球

銀河愛太陽

愛的引力

重重重重重重重重

大霹靂

都拉不開

動動腦想一想：

　　萬有引力是甚麼？怎麼來的？想像一下，如果萬有引力消失了……地球會變成甚麼模樣？太陽系會變怎樣？銀河還是一條牛奶河嗎？如果沒有了萬有引力，有上和下的分別嗎？在月亮這一方是上方，還是在太陽這一方才是上方？

愛玩的
海平面線

說　　線　　像　　看　　到　　不
　是　　不　　線　　得　　摸　　着

我進，他退

他進，我退

來抓我啊來抓我啊

他最喜歡玩捉迷藏

超級大的郵輪和貨櫃輪

被他耍得團團轉

好壯啊！

他的腰圍

用地球的巨尺

才能量

愛玩的海平面線

一會兒隱

一會兒現

鬼鬼祟祟在前面

飄來，飄去

飄去，飄來

哇！哇！哇！

難道

他

　　　　　　　　　　　　　也是阿飄

動動腦想一想：

　　為甚麼遠遠的海平面是一條線？為甚麼它永遠摸不到，追不着？海平面線證明了地球是甚麼？難道，它真的是阿飄？

　　所以才有這麼多人葬身海底，被阿飄捉去了？

太陽是
充電機

暴雨過後

太陽為小樹充充電

枝葉又抬起頭了

寒流過後

太陽為泥土充充電

種子又冒出芽了

大雪過後

太陽為江河充充電

流水又唱出歌了

夜晚過後

太陽為馬路充充電

聲音又沸騰了

放電過後
太陽為月亮充充電
月亮又亮起來了

失敗過後
太陽為我充充電
眉毛又揚起來了

充充電，充充電
太陽這裏充充那裏充充
世界又活過來了

動動腦想一想：

　　太陽除了是充電機，還可能是甚麼？除濕機、化冰機、輻射線製造機、光源製造廠、太陽能免費工廠、神話輸出國、太陽系的國王……哇！太多太多了。

　　聰明的你，想想看，如果太陽不見了，太陽系會變成甚麼模樣？

作者的話

以前我是一位電信工程師，從事科技工作；現在我是兒童文學作家，創作文藝作品。科技和文藝結婚，好神奇。

在我還是電信工程師時，前十幾年我做衛星通信，後十幾年我做國際傳輸和國際海纜通信，可以說，陸海空通信，我全包了。

因為從事衛星通信工作的緣故，我發現我們衛星通信的祖師爺，竟然是一位作家，他是二十世紀全球三大科幻作家之一，鼎鼎大名的亞瑟‧C‧克拉克先生（Arthur Charles Clarke）。

他最有名的科幻作品叫《二〇〇一：太空漫遊》；最震撼科技界的科學理論是，在地球上空三萬六千公里的同步軌道上，每隔一百二十度各放一顆衛星，就可以構成全球通信。

多麼奇妙的一件事啊！原來，科學和文學是相通的，科學家和作家可以是一家，不是風馬牛不相及的。科學和文學之間，有

一條渠道互相通着，有時候科學流過來，有時候文學流過去。

這一條渠道，讓科學的水注入文學，文學的河因此開拓出更廣、更深、更多層的面貌；文學的水流進科學，也使得科學的河，增添更壯闊的風景。

作為通信工程師，我必須寫很多報告，不論是出國報告、故障報告或檢測報告，最基本的要求是，文字一定要清楚明白，不可拖泥帶水，不知所云。

這和寫詩很像。

詩的文字要求簡約，最好的詩都是意在言外，用最少的字闡述最廣最深的意涵。

幾十年的文字訓練，讓我寫的報告都能簡白清楚。

曾經有很長一段時間，我希望自己能成為一位業餘詩人。

我的希望一直沒有成功，因為很多現代詩我都看不懂，對一位從事科技工作的人來說，看不懂等於一切免談。

由於一些因緣讓我接觸到童詩，因此明白童詩是最精煉的淺語藝術，我像觸電一般，腦海開始燃燒出童詩火炬。我私下想，既然當不成詩人，那就當一位童詩作者吧！

將科學和童詩揉合成科學童詩，讓科學和童詩相碰，一定能夠撞出閃亮的火花，為我們的兒童，增加科學的想像空間；幫助我們的孩子，開拓出奇幻的文學思考。

二十世紀有一個著名的科學方程式，$E=MC^2$，能量等於質量乘於光速的平方，這個方程式告訴我們，即使是小小的質量，一旦乘上光速的平方，就會得到非常巨大的能量。

我的詩人朋友林世仁把這個方程式加以引用和擴大，他說：

童詩宇宙等於作者背景乘於想像力的平方，我想，我的通信專業訓練在想像力的催化下，正好有可能、可以為童詩打開更廣大的空間。

收在這本集子裏的童詩，都是這種思維下的作品。

她們是如此珍貴而稀有，希望大家在讀完之後，都能有如獲至寶，入寶山而未空回的感覺。也希望大家在看完之後，不再那麼討厭科學，以為科學是硬邦邦的東西，難以吞嚥，那就錯了。

科學和詩其實是一體兩面，可以揉着一起吃呢。

最後，我要感謝小魯出版社的沙執行長，是她的慧眼和勇氣讓這本詩集得以探出頭來；感謝辛苦的總編輯雨嵐和編輯團隊，是大家的努力，才讓這本詩集有了美麗的容貌和優雅的身材；還要感謝煥彰老師的提點和指正，黃海老師、世仁老師、鴻文老師、

林茵校長的推薦，《國語日報》故事版歷任主編們的青睞，以及冥冥之中的因緣，讓我一入職場就有機會接觸衛星通信，並在各級長官的栽培下於「美國衛星通信研究所」研究衛星通信一整年，從此打開天文宇宙的門窗。三十幾年後，兒童文學界才終於有了這一本，非主流，卻珍貴稀奇的科學童詩集。

星空漫步

作　　者：山　鷹
繪　　圖：Champ
責任編輯：鄒淑樺
封面設計：黃沛盈
出　　版：商務印書館(香港)有限公司
　　　　　香港筲箕灣耀興道 3 號東滙廣場 8 樓
　　　　　http://www.commercialpress.com.hk
發　　行：香港聯合書刊物流有限公司
　　　　　香港新界大埔汀麗路 36 號中華商務印刷大廈 3 字樓
印　　刷：美雅印刷製本有限公司
　　　　　九龍觀塘榮業街 6 號海濱工業大廈 4 樓 A 室
版　　次：2016 年 9 月第 1 版第 1 次印刷
　　　　　©2016 商務印書館(香港)有限公司
　　　　　ISBN 978 962 07 0495 6
　　　　　Printed in Hong Kong